BIBLIOTHÈQUE DE MES PETITS ENFANTS

LA JOURNÉE DE MARGUERITE

BERNARDIN-BÉCHET, ÉDIT. QUAI DES AUGUSTINS, 31.

LA JOURNÉE

DE

MARGUERITE

PAR

A. DES TILLEULS

ILLUSTRATIONS DE TÉLORY

PARIS

BERNARDIN-BÉCHET, LIBRAIRE-ÉDITEUR

31, QUAI DES GRANDS-AUGUSTINS, 31

Imp Becquet

LA JOURNÉE DE MARGUERITE

Entrez sans bruit dans la chambre, approchez doucement et regardez : cette enfant qui sommeille, la tête reposée sur son bras mignon, c'est Marguerite : n'est-ce pas qu'elle est jolie ! Son visage, frais comme la feuille de rose, est encadré de blonds cheveux bouclés ; ses grands yeux, aussi doux que ceux de l'agneau, ont emprunté leur nuance au ciel pur de l'été : sa bouche, cerise vivante, ressemble tellement à ce fruit qu'on est toujours tenté de la croquer. Elle dort, la mignonnette, sa maman la regarde comme Marie devait regarder l'enfant Jésus.

Sa maman la regarde comme la Vierge-Marie devait regarder l'enfant Jésus.

Tirez les rideaux; huit heures viennent de sonner. Réveille-toi, blonde Marguerite, il fait grand jour et les oiseaux chantent depuis longtemps sous ta fenêtre.

La petite fille ouvre les yeux en souriant; puis, étendant ses bras potelés, elle attire sa maman vers son cœur et la couvre de baisers :

— Je t'aime, bonne petite mère; telle est la première parole de Marguerite.

La maman enlève la gentille enfant de sa couchette et la pose sur ses genoux, ensuite, elle baigne son joli visage avec de l'eau bien fraîche.

Marguerite ne fait jamais la moue quand on lui mouille la figure, parce qu'elle sait qu'il n'est permis qu'aux petits chats d'avoir peur de l'eau.

La maman enlève la gentille enfant de sa couchette et la pose sur ses genoux.

Lorsque sa figure est bien nette, ses mains bien propres ; quand ses cheveux soyeux sont remis en ordre et lissés avec soin, Marguerite passe sa robe de laine grise et chausse ses jolies pantoufles brodées.

Sa toilette terminée, elle embrasse encore une fois sa maman pour la remercier, puis, se mettant à genoux sur le tabouret, elle fait sa prière du matin.

Écoutons la prière de Marguerite, la prière d'un enfant sage est toujours agréable à entendre :

« Mon Dieu, je vous donne mon cœur et vous remercie de m'avoir accordé un aussi doux sommeil ; faites que pendant cette journée je sois bien obéissante et bien gentille, afin de ne mécontenter ni mon papa ni ma maman ni aucune autre personne. Ainsi soit-il. »

Mon Dieu, je vous donne mon cœur, dit Marguerite en s'agenouillant sur le tabouret.

Après avoir prié, Marguerite donne la main à sa maman et sort de la chambre : où va la petite fille ?

Devinez, chères lectrices ? Je gage que chacune de vous, brune ou blonde, répondra sans hésiter : Marguerite va souhaiter le bonjour à son papa et chacune aura dit vrai.

Oui, Marguerite va trouver son père qui travaille déja dans son cabinet.

Le papa répondit au salut de sa chère fille en la prenant dans ses bras et en la couvrant de tendres baisers. C'est si bon à caresser les enfants frais et roses, surtout lorsqu'ils sont affectueux et sages comme Marguerite.

Le papa congédia la blondine en lui donnant deux petites tapes sur les joues et en lui recommandant d'être bien docile.

Après avoir dit sa prière, la petite fille va souhaiter le bonjour à son papa.

Ses devoirs accomplis, la petite fille va trouver sa bonne à la cuisine et lui demande à déjeuner.

Vous ai-je dit que Marguerite est aussi aimable que belle, et qu'elle parle à tout le monde avec une extrême politesse? Je ne le crois pas; écoutez-la causer à la domestique, vous en aurez la preuve :

— Ma bonne Jeannette, mon déjeuner est-il prêt?

— Pas encore; il vous faudra l'attendre pendant au moins dix minutes.

— Eh bien, j'attendrai, ajouta simplement la mignonne. Peut-on répondre avec plus de douceur? Je connais beaucoup de petites filles qui, en pareille circonstance, n'auraient pu s'empêcher de montrer un peu de mauvaise humeur : qu'en pensez-vous, mesdemoiselles.

Marguerite va trouver sa bonne dans la cuisine et lui demande à déjeuner.

La gentille enfant attendit pendant plus d'un gros quart d'heure.

On lui servit sur sa petite table une excellente soupe au beurre qu'elle mangea de fort bon appétit.

Je ne dois pas manquer de vous apprendre que Marguerite mangeait de la soupe trois fois par jour ; elle ne l'aimait pas plus que vous, chères amies, mais comme ses parents jugeaient convenable de lui imposer ce régime, la petite fille s'y soumettait de bonne grâce afin de leur faire plaisir.

Lorsqu'elle eut déjeuné, Marguerite alla retrouver sa maman qui cousait dans sa chambre.

La mignonne prit un tabouret, s'assit aux pieds de sa mère et s'occupa de la toilette de Caroline, sa grande poupée.

On lui servit sur une petite table une excellente soupe au beurre et à la crème.

Sur un signe de sa maman, Marguerite apporta son abécédaire. Voyons si la chère petite connaît ses lettres :

A B C D E F G H I J K L M N O P Q R S T U V X Y Z

C'est très-bien, mais il y a des lettres plus difficiles à lire ; essayons-les :

a b c d e f g h i j k l m n o p q r s t u v x y z

Et les lettres anglaises. Marguerite les connaît-elle ?

A B C D E F G H I J K L M N O P Q R S T U V X Y Z

Répétons les minuscules à présent :

a b c d e f g h i j k l m n o p q r s t u v x y z

Bravo, l'enfant ne s'est pas trompée une seule fois ! elle sait très-bien ses lettres. Mais les chiffres ? Marguerite les connaît-elle ? Voyons un peu :

1 2 3 4 5 6 7 8 9 0

La blondine apporte son alphabet et récite sa leçon avec beaucoup d'attention.

Le papa, malgré ses graves occupations, daigne jouer avec sa petite fille.

Quels doux baisers la maman ne donna-t-elle pas à sa blondine, pour la récompenser de ses efforts.

Elle la prit sur son giron, la coucha dans ses bras comme quand elle était poupon, et l'embrassa plus de vingt fois de suite.

Marguerite, toute heureuse d'avoir contenté sa maman, répéta son alphabet une fois encore ; après quoi, elle eut la permission d'aller jouer à la balle dans le corridor.

Le papa, instruit des progrès de sa fille, vint à son tour l'embrasser et la féliciter, et, malgré ses graves occupations, daigna jouer avec elle durant plus d'une grande demi-heure.

C'est qu'il t'aime bien, ton papa, chère bichette; il t'aime, parce que tu es studieuse, obéissante et bonne comme du gâteau.

Marguerite grimpe sur sa haute chaise et se place entre son papa et sa maman.

Onze heures sonnèrent, la bonne servit le déjeuner et appela Marguerite.

La petite fille, qui avait beaucoup d'ordre, serra ses jouets et accourut aussitôt pour ne pas faire attendre ses parents.

Marguerite grimpa toute seule sur sa haute chaise et se plaça à table entre son papa et sa maman. Joignant ses mains, la blondine prononça les paroles suivantes :

« Mon Dieu, vous qui donnez la pâture aux petits enfants des oiseaux, bénissez ceux qui, à votre exemple, donnent à manger aux petits enfants des hommes : Ainsi soit-il. »

Ayant dit ces mots, l'aimable petite, qui avait envie de grandir, mangea une grande assiettée de potage et tout ce que lui offrit sa maman, car Marguerite aimait trop sa maman pour lui refuser rien.

Mon papa m'a bien recommandé de ne jamais dédaigner les pauvres gens, dit Marguerite.

Qui fut contente? C'est Marguerite lorsque, après le dîner, sa maman lui mit sa jolie tunique blanche, ses belles bottines bleues et son charmant chapeau garni de petites fleurettes appelées myosotis.

La chère âme était si ravissante en ce costume que chacun se retournait pour la regarder.

Marguerite, sous la conduite de sa bonne, alla rejoindre ses amies au jardin.

En la voyant paraître, toutes les petites filles quittèrent leur jeu et coururent embrasser leur camarade aimée.

« C'est Marguerite! voilà Marguerite! » répétaient-elles en battant des mains.

Les grandes personnes souriaient en regardant la mignonne, et disaient aussi : « C'est Marguerite! c'est la gentille Marguerite! Bonjour ma belle enfant. »

Quand l'essaim folâtre eut assez couru, il organisa une partie de colin-maillard.

Lorsqu'on se fut bien salué, bien embrassé, on s'occupa des jeux. Une partie de cache-cache fut organisée, mais voilà qu'on était en nombre impair et l'on n'attendait plus personne : comment arranger celà? Marguerite, avisant une petite fille pauvre qui jouait à l'écart à côté de sa maman, s'approcha et lui dit :

— Voulez-vous jouer avec nous?

La pauvrette, regardant ses humbles habits, répondit :

— Je n'ose pas ; je ne suis pas assez belle pour jouer avec des demoiselles.

— Venez sans crainte, répliqua aussitôt Marguerite, je sais par ma maman que les belles robes ne font pas les belles qualités et mon papa m'a bien recommandé de ne jamais dédaigner les pauvres gens.

Marguerite, sans la moindre hésitation, donna sa brioche à la malheureuse enfant.

Quand l'essaim folâtre eut assez couru, il organisa une partie de colin-maillard. Les petites filles s'amusèrent tant et si bien que l'après-midi s'écoula comme une minute. A quatre heures, la bonne donna le signal du départ et ramena Marguerite à la maison.

Chemin faisant, la domestique acheta une grosse brioche de deux sous pour le goûter de sa compagne. Au moment où la blondine allait mordre à sa friandise, une petite mendiante infirme lui tendit la main en disant :

— J'ai bien faim.

Marguerite, sans la moindre hésitation, donna sa brioche à la malheureuse enfant.

La domestique ne put s'empêcher d'embrasser sa petite maîtresse en l'appelant cher amour et bon petit cœur.

Marguerite s'amuse à dessiner des arbres et des maisons jusqu'à l'heure du dîner.

De retour à la maison, Marguerite, après avoir serré les jouets suivant son habitude, alla retrouver sa maman et lui raconta ce qu'elle avait fait durant la journée; elle oublia pourtant de lui rapporter son action charitable.

Ensuite, la petite fille se rendit auprès de son papa et lui demanda la permission de crayonner dans son cabinet.

Le papa n'eut garde de lui refuser cette faveur parce qu'il savait que son enfant, n'étant point bruyante, ne pouvait l'empêcher de travailler. Marguerite reçut donc une grande feuille de papier blanc et s'amusa à dessiner des arbres et des maisons jusqu'à l'heure du dîner.

Après le repas, la petite fille, s'étant bien reposée, eut encore le plaisir d'accompagner ses parents à la promenade.

A neuf heures, la maman déshabille sa blondine et lui passe une robe de nuit.

On visita de beaux magasins éclairés par les feux resplendissants du gaz.

A neuf heures la promenade était finie et Marguerite, un peu fatiguée, fut toute aise de retrouver sa couchette.

La maman déshabilla sa blondine et lui passa sa robe de nuit.

Vous croyez, peut-être, que Marguerite à cause de sa lassitude oublia de faire sa prière? Détrompez-vous, la voilà qui prie tout haut, le bon Dieu l'écoute, sa maman aussi : faisons de même :

« Mon Dieu, je vous aime de tout mon cœur et je vous remercie de m'avoir donné de si bons parents ; accordez ce bonheur à tous les autres enfants : Ainsi soit-il. »

Sa prière terminée, la mignonnette se blottit dans ses draps et s'endormit le sourire aux lèvres.

Dors en paix. blonde Marguerite, des anges veillent sur toi et protégent ton sommeil.

Repose en paix, aimable créature, des anges voltigent autour de ta couche et protégent ton sommeil.

Dors, chère âme, jusqu'au retour de la lumière.

Douce colombelle, tu n'es pas seulement le trésor et la joie de ta famille, tu charmes encore tout ce qui t'approche. Plus d'une mère, en écoutant la naïve prière que tu viens d'adresser au ciel, ajoute tout bas : Mon Dieu, donnez-moi une petite fille semblable à Marguerite.

FIN

BIBLIOTHÈQUE DE MES PETITS ENFANTS

En vente à la même Librairie

Mr. & Mme. CROQUEMITAINE.

LA POUPÉE DU PETIT NOËL.

LA JOURNÉE DE MARGUERITE.

LE FILS DE POLICHINELLE.

LE PETIT CHAPERON ROUGE.

LES MÉSAVENTURES D'UN PETIT GOURMAND.

Melle. CAQUET BON BEC.

LES MARIONNETTES DE SÉRAPHIN.

LA PRINCESSE AUX VIOLETTES.

LE CHIEN DU PÈRE LUSTUCRU.

ALPHABET DES BÉBÉS.

LE PETIT POUCET.

Cette Collection se continue.

Imp. Becquet Paris. p.v.

www.ingramcontent.com/pod-product-compliance
Lightning Source LLC
LaVergne TN
LVHW052011160826
845678LV00003B/1013

* 9 7 8 2 3 2 9 6 4 8 6 3 7 *